JN064041

詩集

孔雀時計

藤井雅人

土曜美術社出版販売

詩集　孔雀時計＊目次

孔雀時計　6
日時計　10
時の驚愕　14
マリー・アントワネットの時計　18
時の花　22
フェルメールの画に寄せて　24
春　26
夏　28
秋の詩人　30
冬　32
アインシュタイン　36
ソーラーパネル　40
福島原発事故哀歌　42
海を渡って　46
愛しきもの　48
苔寺夢想　50

茶席の星守り　52
一期一会　54
流れゆく方丈　58
虹　62
日はまた昇る　64
日溜り　66
傾く日　68
微笑　70
夢のひとびと　72
水を汲む　76
ピタゴラス　78
梅花藻　82

初出一覧　86
あとがき　88

詩集　孔雀時計

孔雀時計

宇宙の果てから飛んできた孔雀が
ひとの部屋に忍びこみ
金色の置時計のうえにとまる

羽を扇形に開いたまま　玉質となった孔雀
時計が持ち主の時を刻むとともに
数知れない斑紋の目が　彩りを変えていく
はじまりの岸辺で　深い淵をのぞいた青
時の踊り場で憩いの草原をながめた緑

爛熟して傾く陽へのおもいを映す黄

部屋でひそかに吐いたため息
繰り返した指の揉みしだき
流した涙の数を数えながら
時計の針は止むことなく進み

終《つい》の時　葬《とむら》いの火は部屋にみちて
戸口から数知れぬ熱い舌をのぞかせる
狭い室に秘められたおもいのあざとさを
あばき出しながら清めるために
赤い火の反映が　金色の面《おもて》にゆらぐ時
時計は針の動きを止める

すると　火片をなお羽にまといながら
孔雀はふたたび肉身にかえって飛び立つ
かるがると　街から野をさして
夜の闇から昼の光へ
その先には　赤白の段だらに彩られた五月柱

人の目に見えなくなった孔雀が
透明な姿で柱の頂にとまる
そこに繋がれた赤の　青の　緑の　黄の
ながいリボンを手にして　白い衣の子供たちが
円い輪を描いてまわる　まわる　まわる

ふりそそぐ日のなかで
時計の十二の指になって

白い時をまわす　まわす　まわす

芝草を蹴る靴の　重なる響きを聞きながら
孔雀は羽をひろげ　飛翔をはじめる
かすかに青　緑　黄の斑紋をきらめかせる
透いた羽を　空に撒き散らしながら

そして還っていく
月を　陽を　銀河をくぐりぬけ
星々の光を浴びながら
宇宙の果てをさして

日時計

浜辺を見下ろす小丘に立つ
傾いだ金属柱
芝地に落ちるその影は
めぐっていく　円形に置かれた
低い石柱群の間を

幾何学の小さな静謐
かすかにどよめく海に　告げている
巨大な潮汐を統べる時のありかを

ひとは見つめる　おのれの影を
知らぬ間に　時を刻みつづける分身
定めなくさまよう身もこころも
たしかに　時に捉えられている

網膜を焼く天の火球を
ひとはおそれ　背後に隠す
燃える真実と対峙しつづける勇気は
誰にもない

石柱に落ちるはかない影
それが己であると知りながら
ひとは　時を刻みつづけるしかない

永遠と結ばれた
ひとつの交点であることを希みながら

時の驚愕

――ハイドンの交響曲「驚愕」に寄せて

音楽の職人が組みあげた
精巧な時計細工のアンダンテ
静かな歩みに　眠気を誘われかけていた
ロンドンの紳士淑女たちを　突然襲った
全楽器の総奏　ティンパニの強打

彼らは舌打ちしただろうか
楽士の不都合な機知に

それとも　思い至っただろうか
時の歩みにひそむ途方もない打撃に

置時計に飼い馴らされていた時間が
ある時ぴたりと止まる
津波の轟音のなかで
地震の縦揺れのなかで
爆弾の破裂音のなかで
突然世界よりも重くなった時間が
盤面にとどまり　もう過ぎようとしない

そう　時は文字盤を流れる綺麗な記号ではない
狂おしい打撃とともに　それは取りたてる
コロナの逆巻きを

マグマのうねりを
あなたの血の迸り　肉のうめきを

それでも　時は過ぎていく
安逸のねむりを冷酷な血刀で屠殺し
過ぎ去りたくないものらの叫びをひしぎ
すべての美しいものを幻影に変えながら

マリー・アントワネットの時計

マリー・アントワネットは注文した
既知の複雑機構をすべて備えた
誰も手にしたことのない　極上の懐中時計を

彼女が処刑台から死の闇に消えてから
三十四年後にようやく完成した時計
透明クリスタルの下に蝟集する
八百二十三個の部品
錯乱する雑多なはたらきのうえに

かろうじて保たれる世の秩序の表徴

王妃の権力をもってさえ
手のうちに統べられなかった時間
では　あの精緻な懐中時計のかわりに
わたしは小さな砂時計をさしだそう

複雑なからくりこそないが
上下を反転し　思いのままに始め
終らせることができる時間――
王妃よ　これこそ
あなたに似つかわしい時ではないか
砂時計の一振りで　時は解放される

宮廷の煩瑣な豪奢から
砂漠がになう　巨大な闇の奥処へ

時の花

――あなたは生まれた時百歳だったのを知っているわね
と花が囁く　たしかにそうなのだろう　生まれた時花の青いかがやきを
見ることをすでに知っていたのだから
――あなたの命でわたしが生きているのを知っているわね
愛することは見ることでしかないのか　花を手に取ろうとしてみた　そ
れはガラスであったり陶器であったり絹であったりした　いまは手触り

は忘れ去られ　不確かな微笑みだけが額に照り残っている

——あなたが死ぬ時零歳になってここに来るのを知っているわね

虹が山を背にかがやいた　永遠に　しかも一瞬だけ　それを花だとおもった　在ることは無いことで　しかもやはりそれは在るのだった　それを観るわたしも永遠に一瞬だけ在らされ

——あなたは生まれた時百歳だったのを知っているわね……

フェルメールの画に寄せて

真珠の首飾りの　両端をつまんで
窓にむかい
光をむかえる女

誰の目をものがれ
海底に秘められていた贈物のうえに
光は流れこむだろう　造作なく
牛の乳房から注がれるミルクのように

オレンジの髪飾り　黄色のガウンの彼女は
かすかにおどろくだろう
知らぬ間に蓄えられていた光の豊かさに

そして自分もおさめられる　何の予感もなく
真珠の一粒となって
画家の眼の底をとおりぬけ
神がつくった　永遠という宝石箱のなかに

春

氷っていた時の川が溶解する
光がねじ路を穿つ
ふたたび水面《みなも》に浪費される黄金

旋風が踊り　枝葉がざわめく
いのちがいのちを呼び
時計の針が揺れる　右に左に

星々を天から墜とし

ライラックの樹に蝟集させ
紫の花々に変える　愛という名の暴威

うちすてられていた樹は　祭儀の身振りで
まちうける指先に
永遠の薄衣《うすぎぬ》をつかむ

陽の鼓動から吐きだされ
小止みなく吹きつづける風
時の川はうねる　血の路のように
あざやかな痛みをのせ
あたらしい傷の恍惚に駆り立てられながら

夏

火焔のかたちにめぐる
ひまわりの花弁
黒い眼が蝟集し
惚けたまなざしを送る

黄金のたてがみを震わせ
仰向くライオン
苛烈な陽さながらに　生を司る
黒い死の影を曳いて

午後はものうげに爛れ
過剰のうたげは暮れていく
――岩にしみ入る蟬の声　と
無意味をたのしむ宇宙
それが永遠ではなかったのか

すべては夜闇に沈むのか
光と影に分かたれた塑像たちが
長い日を佇んでいたのに？
時空から　かれらの輪郭を
あんなに残酷に裁りとっていたのに？

秋の詩人

ことばは時のなかに在るのか　それとも時のそとに在るのか

ひとつの問いがかれのうちに立ちこめる。あるいはかれのまわりに。問いに答えはない、かれ自身が答えとなるまで。

朝まだき、かれは起きて仄暗い戸口にむかう。かれを窺っているものの気配に呼ばれ。かれはそれを観る。何をも見ず、聴かず、触れず、味わわないままに。かれ自身がもうそれになっている。深いおののきとともに、かれは時の裏側にひそみ、常にかれを窺っていたそれとひとつにな

る。そしてそのことば

あき

を呟く。響きは一瞬かれそのものとなり、時の流転を越えて涼やかな空の上方へ昇っていく。その余韻をいとおしみながら、かれは戸口に立ち尽している。いずれ朽ちるだろう紙のうえに降りたって、水鳥のようにあやうく時の川面に生きるだろうことばの姿をまなうらに描きながら

あききぬとめにはさやかにみえねども
かぜのおとにぞおどろかれぬる

冬

白い龍のようなものが山と森にわだかまり　下ってくるつめたい吐息が街を絞めつける時

深まる夕暮れにせきたてられ　道の脇から階段を下りる　それは蔦の絡まった建物の地下に通じている　英国風の厳めしい扉を押すと　長く蛇行するカウンター　鈍色の雪片のすがたで散らばった人影　寒気の名残りのように冷たいグラス酒を誂える　しばらく両手で波打たせながら回す　琥珀色のなかに隠れた熱が解《ほぐ》れるのを待ちながら　ふと脇に目をやると

イゾルデ妃が座っている　わずかに腕をあげ　肩下まで垂れた白いベール　深紅のドレスに濃緑のガウン　甲冑をまとったトリスタンがその前に跪き　片腕をながくさしのべ　二人は凝視《みつ》めあいかたく黙したまま動かない

隣の黒服をまとった男がグラスに顔を伏せたまま囁く　――コーンウォールの岸辺から時空の風に吹かれて漂う彼ら　いささかでも地底からの温もりのある棲み処を探しもとめてさ　金属の冷たさに蔽われていく地表が二人にとって寒すぎるものでな……

二人の姿は組み合わされた裸木の影絵のように黒ずみ　それから熾火さながらに赤熱する　おのれの熱に溶かされながらしだいに床に沈みこんでいき　ついに跡形なく地中に姿を消す

薄闇から浸みる温もりを惜しみつつわたしは立ち上がり　扉を押して出ていく　マグマの通い路のように枝分かれしながら苦しげに延びる階段　その錯雑は血脈よりもあてどない　息切れしながら仄かな光をたよりに上り路を辿っていく　核の冬かもしれない地表にむかって

アインシュタイン

あなたのバイオリンから
モーツァルトの旋律が　天に向かって踊る
その時　神は何を啓示したのか
アインシュタインよ

ニュートンの宇宙は壊れるべきだった
牢獄の世界を統べる一様な時にかわり
相対性の神が　解放するはずだった
喜悦にふるえる軽やかな時を

悲嘆の足かせを引きずる重い時から
しかし

新しい神を見出したあなたと　末裔は
見なければならなかった——
破壊された都市を踏みしだくキノコ雲
死の白い霧を噴きだす原子力発電棟

あなたが人類に開いた迷路を
わたしたちはよろめき進む
核戦争のクレバスを飛び越え
ブラックホールにこわごわ手を延ばし

それでも　なお幻視しようとする

あなたを導いたモーツァルトの妙音にひそむ
見分けがたい神の顔貌を

ソーラーパネル

干拓地にかがやく光の波は
地に墜ち　延びひろがった
イカロスの翼か

緑の樹林と　碧い海のあいだに
巨大な鏡面は　場を得ようとする
墜落の目まいを　なお漂わせながら

原子の火を盗み取った報いで

放射能の毒に滅ぼされかけた人間
新しい蘇生の試みにも
まだまとわる　危い飛翔の感覚

光の雫をあつめるシリコンの翼は
七十億に膨張した生命体を乗せ
飛べるのか　日のめぐりに従って
死の影のない未来へと

海と森のあいだに
ぎごちなく光る矩形は
この惑星に宥される風景なのか
答えはまだ隠されている
幾何学の峻厳な沈黙のなかに

福島原発事故哀歌

——三十三間堂で——

仏の海に
たたなわる波

地にのびひろがる
放射線の波

堂宇をうめつくす
千体の仏のしじま

音もなく浸食される
われらの地

無辺際のあわれみは
矩形の壁でくぎられ

とめどない嗚咽は
避難所に閉ざされ

濁世から追いやられ
身をよせあう仏たち

避難者は四散し

記憶は砕けた宝石となって転がり

仏法の滅びに
千のまなざしがおののき

線量計のゆらぎに
凍てついた目が吸いつき

仏の光は
朽ちかけた像からあやうく洩れ
原発建ててはならぬまことを
汚された野と山がことばなく叫ぶ

海を渡って

海を渡った
白いひかりのように
指のあいだに
時の糸を繰り延べながら
微笑は照らしつづける
かぐろい不和にせめぐ波濤を

温顔のなかに　すでに読みこまれている
未来の時　海峡の黒い傷口から
噴き出すはずの　疎隔と憎悪が

限りない柔和が　すでに耐えている
時が繰り出す争いの棘を耐えている
海峡のおだやかな結ばれにむけて
来るべき仏光の遍満にむけて

誰もはばめない　一筋のひかりとなって
新羅から大和に渡った弥勒菩薩像
その微笑が　いまも渡りつづけている
恒久の時を

愛しきもの

舞妓が歩く
——そう　舞妓さんは歩いてはるんどす
こともなげに　街路のうえを
二十一世紀の思いを煩う人々にまじって

数百年を跳躍して
なにげなく現在《いま》によりそう舞妓
老いた楠のかたわらに立つ時
彼女は木とおなじ齢になる

花簪はいつしか解け
花びらは宙の迷路をたどり
時の川を流れる花筏に舞いこむ

春の花　風　せせらぎ
あらゆる永久《とわ》に愛しきものらと結託して
たち現れる彼女を　どのように迎えようか

だらりの帯の揺れの
柳の枝のようなあてどなさを称えようか
しかし　どんな無粋な賞め言葉にも
彼女は白くきよらな面を背けるだろう
——舞妓はただの舞妓どすえ　と囁きながら

苔寺夢想

ひろやかな庭にならぶ神々しい殿舎
池に反照する円満の月
舟遊びの心を震わせる管弦の響き

それらは　すべてなぎ倒された
戦乱のするどい鉤爪によって
しかし　荒廃の地に残され
かえって繁茂していくもの――
大庭の一面に敷きつめられる緑の苔

それは　何か大事なものの仮の姿なのか
ひとの愛　希望といった――
ともかくも苔は　忘却を糧に広がった
木の葉ごしのほどよい日照と　湿り気が
命の源だった
人がきずいた造作から生まれ
いつか人の巧みを超えていくもの

そして
人にかわり　庭の支配者となった時間が
なにかを吹き込みつづけている
繰り延べられた緑の織地のなかに

茶席の星守り

二つの心は　隣り合いながら
大河の両岸よりも離れている
夜空につらなる二つの星の間に
無量の隔たりがあるように

みどりの海を象り　泡立つ茶
利休は茶筅をふるわせる
へだたりを溶かす　原初のはたらきを
搔き立てようとして

茶席に集う武将たち
ともすれば　かれらが放つ
星のようにかたい光が
たがいに角逐し
宇宙の平安を乱そうとする

このひととき　利休は息をしずめ
茅屋を模した部屋で
茶を立てつづける

茶の湯気は宇宙の精気にかわり
かれは星守《ほしも》りをつとめる
満天の星のやすらぎを祈りながら

一期一会

月あかりに照らされ
幻めいて輝く池の景物
かすかな波立ちだけの静寂
――しかし閑けさは突然破られ
岸辺にたちこめる湯けむり
白い繭のかたちにふくれあがる

薄らぐ靄のなかからたち現われる茶室
そこで整然とすすめられる茶事

星々の光にみちびかれ
厳かな星座の動きをまねる人々
床の間に小さくかがやく白撫子たち

いとおしげに茶碗を手に取り　愛でる客
やにわにその高台が延びはじめ
端が口もとに反り　金属の光沢が放たれ
などと目もとまらぬ変形の末に
客が手にしているのはサキソフォン

主人の手もとの茶筅も
延びに延びてトランペットになり
他の客たちの前にも　にょきにょきと現われる
ドラム　ベース　ビブラフォン

主人と客人らが　座ったまま
奏ではじめる即興の響き
たちのぼるジャズの幻雲が　自在に
夜の空を彩っていく

絡みあう音の噴流が　転々と空間をうねり
哄笑し　むせび泣き　乱舞し
そして響きはようやく衰えていく
かげろうに捉えられたのか
茶室は水面にゆらめき　形は薄らぎ
ついに月光をのこして消え去る

池面にひくく響き渡る利休の声

――四季と星のめぐりに引き寄せられて
茶室でばったりとめぐり会う人らと花ら
一期一会の興趣は　星の場所に還るのがさだめ
それが道筋というものだす――

流れゆく方丈

行く河の流れは絶えずして
しかも　もとの水にあらず――と
水が喋りつづける　鴨川の岸辺
背後の木々に群がり
騒がしく復唱する小鳥

仙人の姿でたたずむ白鷺
千年の時の流れを思索しながら

水中の小魚も狙っている

人間界の時間を離れ迷いこんだわたしが
河原に腰をおろし　川の時を呑んでいると
鴨長明の方丈が流れてくる
五畳半の庵が　杉皮葺きの屋根を揺らせ
かすかな読経の声を響かせ
驚くわたしの眼前で
おおきく傾き　夥しいうたかたとともに
水底に沈んでしまったその時

その場所から　浮かびあがった黄色い潜水艦
司令塔はたくさんの赤薔薇で飾られ
巨大な月桂樹の葉が舷側に並び

胴体の両側に　大きな紅い目と長い睫毛

イエローサブマリン
イエローサブマリン
イエローサブマリン……と
ビートルズの歌声が響くなか
潜水艦は水面を割って宙に飛びあがり
天辺をさしてうねうねと上昇する

エイトビートのさんざめきは遠ざかり
潜水艦は　千年の時を点火しながら
青みどりの空の奥の　どこかにある
自在な精神たちの解放区をめざして
長明とともに航行しつづけるのらしかった

虹

虹は　いのちなのか
それとも
いのちを訪れる　空のわらいなのか

一瞬
空のひかりが　わたしと結託して
五色の橋を　山裾にかけわたす
空にあわせて
わたしも　わらう

彩色された小さな卵たちのように
神々が　橋からはじけ飛ぶ
空のかなたに
わたしの目のなかに

隠されていた永遠
霧となって消える不死

そして　わたしは
時にかけわたされつつあるもう一つの橋
虹が消えたあと　歩きはじめる
時のなかにのびる弓なりの道を
街路のうえに探しながら

日はまた昇る

鶏鳴の上っ面なけたたましさ
日という仮借ない拳闘選手を迎える
金属の喉をしたリングアナウンサー

眠りの惰性を　街はなおも
もとめていたのではなかったか
悪酔いの泥からせき立てる
曙光の不遜な矢ぶすまよ

都市の無機質な歩みがはじまる
無慈悲な曲線をえがく日を後追いする
下僕の嫌々ながらの従順

倦怠をひきのばした騒擾の果てに
兆す夕映え　もとめる者のない贈り物
そこに模擬される感情のふるえは何か

今日も当てが外れた希みの残滓か
明日へのせめてもの願いの明るみか
ともかくも　天に煌めかせよ
絶え入るまえに
光がわずかに吐きだした　真実のためいきを

日溜り

池に日と空が映っていた
緑の木々のあいだ　水面の下に
ぬくもりに集う小世界のけはいがあった
蓮の葉は無数の音符となり　漂っていた
なだらかな雲のアルペッジョのうえに

日の光がゆっくりと　蜜の甘さに和むなか
自分のなかにあり　自分を傷つけていた
かたくなな幸せの形は溶けていった

宇宙のひろがりのなかに
静かで底深い　癒しの力のなかに

それは　数十年前のことだった
日溜りに　小さな歌声を絡みあわせていた
水辺の小宇宙をまた訪れようか
そして祈ろうか
おのれの心を　もっと溶かしてくれるように
それが謙虚な
宇宙に宥されるものとなるように

傾く日

苛烈だった白昼の陽
生の熱は　強制のように
背中を火照らせ
ひきつった動きを　手足に吹きこんだ

暮れ方　光を弱めた陽は
いくらか人らしい優しさを棚引かせ
海に沈もうとしている

かなたの水平線から　この浜辺まで
のびてくる一本の光の路
細くはあるが　まぎれもない
天空とのつながりの温かみ

永続するものの姿をもとめ
たたなわる光の彼方をみつめる
しかし　黄昏の時はみじかい

すでに光の路は消え
夕映えの帯が水平線にゆらめく
ひとときの空の優しさのかたみとして

微笑

あてどなさに眉を焦がされながら
時の迷路をさまよううちに
微笑に受けとめられる一瞬がある

あかるく透きとおって笑む花弁
池のおもてにもつれて笑む光
深い井戸の底のように揺るぎなく笑むひと

微笑　宇宙に開かれた窓よ

それは　せわしない時の流れに静止し
時を超えた光を世界にみちびく

そこから繰り延べられる光が
わたしをつつみ　ほどき
綯いあわせる　永遠の織地のなかに

詩のことばが洩れ出て
微笑を容れる器のかたちになる
流れてやまない時のなかで
受けとめられ　かがやいている
永遠のしずく

夢のひとびと

夢のなかで向かい合っている
小柄で感じのよい女性
気がつくと　優しかった瞳は
どこまでも鋭く細くなり
わたしの心の奥底を射ぬこうとする

醒めて思いかえすうちに
しだいに記憶に浮かびあがる——
昨日　川沿いの道で

気づかず通り過ぎかけた時
優しい声でたしなめた猫
それが彼女だったのだ

人は　人を忘れてはならない
たましいを忘れてはならない
しかし　貧しい記憶は
ともすれば罪を犯そうとする
その時　どこか不満げな顔をして
夢に現われる　忘れかけられた人々

たしかに覚えがある
しかし想起の糸は切れている
街路ですれ違っただけの人々なのか

こなごなの記憶のかけらが組み合わされ
新しい姿となった人々なのか

束の間の出会いのあと
せわしい時の流れにへだてられた人たち
存分に語り合おう　夢のなかで
永遠に似た　淡い光を浴びながら

水を汲む

小暗い闇をさぐりあるく
高みから射す月光に感応し
うすくかがやく水面をもとめて

さぐりあてた　あるかなしかの小穴
信じられるか
これが地の冥い奥底
巨竜のすがたでうねる水脈と
ひそかにつながっていることを

水を汲む
命のみなもとは　もとめねばならない
なにげなく　しかし執念ぶかく
おのれも蛇の息づかいになって

月光がゆらぐ
まぼろしの手が　何度も何度も
ふりあげられ　ふりおろされる
人影のない井戸のかたわらで

暗闇のなかでもがきまわる
竜の無数の腕のかたちをえがきながら

ピタゴラス

渡された幾何の教科書の　真っ白な表紙
ひとつの文字もそこにはなかった
人間の言語で犯されていない
雪をいただく鋭峰への扉

定義と定理の迷宮のなかで
出会う　ピタゴラスという名の
おごそかな典礼の響き
幾何の針葉樹林に姿を消した数学者が

遺した名の音韻にふさわしい

その後学び知った生涯の断片――
若き日の流浪のあとに　彼は
数の狂信者らの教団を作り
輝かしい定理を発見しながらも
奇怪な数の迷信に耽った

人間らしい妄念は　厳かすぎる彼の名に
いささかの血肉を添える
知の白峰に迷いこみ
生贄となったピタゴラスよ
冷たすぎ　完璧すぎるあなたの世界の消息を
もっと伝えてくれないか　人のことばで

数学記号の間から
あなたの悲痛な肉声が聞こえるように

梅花藻

ある時ある者が、いかなる動機からか時間について探求することを思い立った。彼は時間を主題として過去に書かれた重要な書物をすべて手元にそろえた。しかしその内容が彼にとって難解で、しかも人文科学から自然科学まで広い領域にわたっていたので、彼はしだいに困難を感じ始めた。それらの半分どころか十分の一をさえ理解する前に、人生で彼に与えられた時間は尽きてしまいそうだった。数十年間の虚しい努力の後に、彼はふと難渋の跡が刻まれた自分の顔を鏡に映してみた。「時間を思考で理解することがこれほど難しいのに、時間の中で生きることは魚が水中で泳ぐように自然なのはなぜなのか。おそらく時間は僕の顔と同じほど僕と密接な、僕の一部分なんだ。ただ自分の顔を他人の顔みたいに直接見ることができないように、時間を何かの仕方で自分から切り離し、外から観て理解することはできないんだ」と彼はやや投げやりに考えて、あっさりと探究を打ち切った。

それから数か月後のある朝、自分の家のベランダに出た時に、彼は何か異様な物が手すりに寄りかかっているのを発見した。それは身の丈の二、三倍ほども細長く伸びた透明なビニール管のような物だった。その内部には煙霧状の気体が上から下へ、また下から上へと絶えず循環しているのが透けて見えた。その青黒い色は、探究の試みを放棄した後の彼の空虚な感情と奇妙に一致していた。「何て気味の悪いガス――こいつは僕の時間の化身なんだな、それにしても窮屈な風体だ」と彼は根拠なく、しかしなぜか強い確信を持って考えた。その正しさを暗示するかのように、明らかに使い古されて壊れている安物の置時計が管の近くに投げ出されていた。気体の色は刻々と微妙に変化するものの、その基調である青黒さは変らなかった。見ているうちに彼は気分が恐ろしく悪くなり、急いで部屋に戻って鎧戸を固く閉ざした。二度と見たくはなかったが、一週間後さすがに気になってベランダを覗いてみると、有難いことにあの歓迎されざる来訪者の吐き気を催させる姿はきれいに消えていた。

それからかなりの時を経たある日、彼は小川の畔に坐ってぼんやりと水流を見下ろしていた。川の屈曲部で流れが渦を巻いて淵となっていて、そこに白い花弁と黄色い蕊をもつ梅花藻の小花が謙譲な様子で浮いていた。花は流れのそばで不思議に静止して、細かく顫えていた。水流と花をしばらく見つめているうちに、ひとつの和音がどこかで響いた。彼は気づいた――それは、彼の内部から出て宇宙に流れこむ時間の姿だった。さらにながい時間坐りつづけるうちに、和音は水流の音に溶け込み、複雑な音楽となって響いた。不断に枝分かれし、離合集散する音の姿が曼荼羅となって彼の目に映った。実りのない探究に費やした時の虚しさを、彼は忘れ去った。立ち去る際に彼はこう呟いた。「こうして僕はいつでも自分の外に出て、時間の全体を観ることができる——この小さな花とひとつにさえなれるなら」

■初出一覧（既発表作品のみ）

孔雀時計　「孔雀船」２０２１年７月
日時計　「孔雀船」２０１８年１月
時の驚愕　「ＥＲＡ」２０１９年10月
マリー・アントワネットの時計　「ＥＲＡ」２０１８年10月
時の花　「ＥＲＡ」２０２０年10月
夏　日本現代詩人会／70周年記念アンソロジー　２０２０年４月
秋の詩人　「孔雀船」２０２０年７月
冬　「孔雀船」２０２１年１月
アインシュタイン　「孔雀船」２０１８年７月
ソーラーパネル　「ＥＲＡ」２０１７年10月
福島原発事故哀歌　「ＥＲＡ」２０１９年４月
愛しきもの　「孔雀船」２０２０年１月
苔寺夢想　「ＥＲＡ」２０２０年４月

茶席の星守り　関西詩人協会設立25周年記念誌&自選詩集第９集　２０１９年11月

流れゆく方丈　「ＥＲＡ」２０２１年４月

日はまた昇る　「ＥＲＡ」２０１８年４月

日溜り　「孔雀船」２０１８年７月

傾く日　「孔雀船」２０１８年１月

夢のひとびと　「詩と思想」２０１７年８月

あとがき

時間というものについて人が抱く思いは様々であろうが、現在という時間の中の一点に人間が支配され、視野をそこに限られてしまう傾向があることは事実だろう。ことばもまた大抵の場合は現在の状況を前提として発されるもので、それが過ぎ去れば「言の葉」も葉っぱ同然に投げうたれる宿命にある。それに対して詩や文芸作品はある程度時間の制約から自由であり、現在から切り離された別の時間の中に展開されるものとして味わうことができる。その意味で言語芸術は、制約としての時間性を超えてどの一瞬にも秘められている永遠性に到達する契機を与えるものだろう。

時間は存在を成り立たせる根底であるが、どのような存在も時間の経過とともに消滅してしまう儚さを持っている。本詩集に収められている作品を書く中で、そのような時間の本質についてしばしば考えた。今の私が辿り着いているおぼろげな納得は、時間は限りなく私的で各人の人生に固有のものである一方、人が自我を超えた宇宙的・永遠的なものに到達するための導き手ともなりうる、ということである。要となる作品にはそのような考えを反映させた。

また、各文化はそれぞれ独自の時間を生きているとも考えられる。グローバル時代に求められるのは、様々な文化の出会いの場面において一期一会あるいは即興の精神によって異なる時間の間の調和を生み出していくという覚悟であろう。「一期一会」と「流れゆく方丈」はそのような思いを内包する作品である。

出版の労をいただいた土曜美術社出版販売の社主高木祐子氏をはじめスタッフの方々、装丁者、および作品発表の場を与えていただいた同人誌「ERA」と「孔雀船」の皆さんに感謝する。

二〇二一年五月

藤井雅人

著者略歴

藤井雅人（ふじい・まさと）

１９５６年　神戸市生まれ
１９９５年　詩集『中天の鞠』（土曜美術社出版販売）
１９９８年　詩集『立ちつくす天女』（土曜美術社出版販売）
２００１年　詩集『鏡面の荒野』（詩学社）
２００２年　小説『定家葛』（文藝書房）
２００４年　詩集『無限遠点』（土曜美術社出版販売）
２０１０年　詩集『ことばよ　宙空へ』（土曜美術社出版販売）
２０１２年　新・日本現代詩文庫96『藤井雅人詩集』（土曜美術社出版販売）
２０１３年　詩集『ボルヘスのための点景集』（土曜美術社出版販売）
２０１７年　詩集『花の瞳』（土曜美術社出版販売）

「ＥＲＡ」「孔雀船」同人
日本文藝家協会・日本現代詩人会・日本詩人クラブ・関西詩人協会会員

現住所　〒６０７―８０８９　京都市山科区竹鼻西ノ口町73―1　ラプラス竹鼻Ⅱ―110

詩集 孔雀《くじゃく》時計《どけい》

発行 二〇二一年十月二十日

著者 藤井雅人

装丁 直井和夫

発行者 高木祐子

発行所 土曜美術社出版販売
〒162-0813 東京都新宿区東五軒町三―一〇
電話 〇三―五二二九―〇七三〇
FAX 〇三―五二二九―〇七三二
振替 〇〇一六〇―九―七五六九〇九

印刷・製本 モリモト印刷

ISBN978-4-8120-2653-3 C0092

© *Fujii Masato 2021, Printed in Japan*